님께

_____

_____

_____

_____ 드립니다.

행복하냐옹

혼자서도 잘 견디고 싶은 나를 위한 따뜻한 말들

행복하냐옹

글·그림 최미애

INFLUENTIAL
인 플 루 엔 셜

나이가 들고 성숙해진다고해서 마음도 함께 자라는 것은 아닌 것 같습니다. 본래 타고난 마음이 좋은 사람이 그것을 유지하는 것도 쉽지 않은 일입니다. 하지만 미애 언니는 늘 한결같습니다. 언니의 따뜻하고 배려 깊은 마음은 어떤 여정을 통해 나오는 것이기에 더욱 빛이 납니다.

자연의 있는 모습 그대로를 동경하고 꽃 피우는 언니는 어느새 제주의 푸른 바다와 고즈넉한 오름을 닮아 있습니다. 제주에서 언니를 만나고 올 때마다 전 언제나 생각합니다.

'선하고 순수한 미애 언니를 닮아야지.'

언제나 사랑을 주고 싶어 하고, 또 사랑을 받고 싶어 하는 언니. 사랑 앞에서 언니는 단 한 번도 게으른 적이 없었고, 늘 꿈꾸는 사람이었습니다. 지금도 언니는 사랑을 하고 있습니다. 이별의 아픔마저도 성숙하고 자연스럽게 품어내는 언니의 사랑은, 이 책에 고스란히 담겨 행복한 위로를 전합니다. 이 책을 통해 우리는 혼자여도 행복할 수 있다는 위로를 받고 다시금 사랑을 꿈꾸게 될 것입니다.

장윤주, 모델

미애 언니의 고양이 그림을 볼 때면 부끄러워지는 느낌을 받을 때가 종종 있습니다. 겉치레 따위는 없는 언니의 심플한 고양이 그림 속에는 너무나 솔직하면서도 그 깊이조차 가늠할 수 없는 언니만의 농도 짙은 삶의 철학이 고스란히 느껴지기 때문이지요.

매번 자신의 영역을 다양하게 넓혀가고 있는 미애 언니의 끊임없는 변신에 후배로서, 한 사람의 여성으로서 진심어린 존경의 박수를 보냅니다. 나도 언니처럼 행복해지고 싶어요.

송경아, 모델

세상엔 수없이 다양한 아티스트들이 있다. 그중에서도 메이크업 아티스트라는 직업은 매일같이 사람들의 얼굴과 표정에 새로운 그림을 그려 넣는 일을 한다. 어떤 그림은 몇 시간 만에 클렌저에 의해 지워지고 말지만, 어떤 그림은 포토그래퍼의 뷰파인더 안에 담겨 영원히 기록되는 이미지가 되기도 한다. 그래서 최미애라는 메이크업 아티스트에게 그림은 낯선 장르가 아니다. 게다가 그 주인공이 고양이들이라니. 그녀에게 발톱을 세울 때의 표정이 꼭 베르사체의 심벌을 닮아서 베르사체라고 불렀던 새끼 고양이를 분양받은 적이 있는 나로선 더더욱 그녀의 그림들이 감동 그 자체다. 그녀가 고양이들의 눈을 통해 삶을 담담하고 솔직하게 사유하는 방식을 대하다 보면 누구라도 그녀에게 반할 수밖에 없을 것이다. 패션계가 그녀를 사랑하듯 말이다.

전미경, 『하퍼스 바자』 편집장

하루 한 장씩 스스로에게 읽어주고 싶은 책. 어쩌면 우리가 다 알고 있지만, 일상의 속도에 맞춰 살다 보면 잊게 되는 것들을 이야기해주기 때문이죠. 이토록 지혜로운 고양이라니!

황진영, 『얼루어』 편집장

작가의 말

혼자여도 괜찮아요,

사랑하는 마음만 있다면

몇 주 전 워크샵이 있어서 우리 과 학생들이 제주도에 내려온 적이 있었습
니다. 워크샵 장소까지 가는 길에 예쁜 풍경이 눈에 들어왔어요. 어느 밭에
서 주황색으로 예쁘게 물든 당근을 수확하고 있는 풍경이었지요. 그 순간
을 공유하고 싶어 목적지에 도착해 학생들에게 "예쁜 당근 밭 봤지?"라고
물어봤어요. 그런데 아무도 본 사람이 없더군요.

그때 이런 생각이 들었습니다. 많은 사람들이 손 안의 휴대폰만 바라보느
라 자신의 옆으로 지나가는 풍경과 사람을 놓치며 살아가는지도 모른다는.
내 눈앞의 모습들을 휴대폰으로 SNS에 올리기에 급급한 나머지 예쁘게 적
는 데만 몰두하다 정작 그 순간을 놓치고 있는 건 아닐까 하는.

날마다 더 좋고 더 예쁜 물건들이 쏟아져 나오고, 요즘 '핫'하다는 카페에서
브런치도 먹어야 하고, 유행하는 신상 옷도 사야 하고, 친구가 추천하는 기
능성 화장품도 써야 하고, 유명 셰프가 운영하는 맛집도 가야 하고···. 남들

에게 뒤처지지 않기 위해 빼곡하게 적어놓은 위시 리스트를 해치워야 하기 때문에 정작 나만의 시간을 제대로 갖지 못한 채 살아가고 있지는 않나요? 그렇다면 잠깐, 지금이라도 주변을 둘러보도록 해요. 우리가 잊고 지나온 순간들을 떠올리면서.

사랑, 이별, 아픔, 상처, 회복, 행복···. 숨 가쁘게 살아온 지난날을 생각하며 떠오른 감정들입니다. 잠시 멈춘 그때, 그 순간마다 떠오르는 이 솔직한 감정들을 그림으로 그리면서 비로소 제가 혼자라는 사실에도 웃을 수 있었습니다. 혼자였음에도 비로소 자유로워졌습니다.

저는 매일 하늘을 보며 하루를 시작합니다. 그리고 마음에게 묻곤 합니다.

"오늘 하늘은 어때? 기분 괜찮아?"

하루를 마무리할 때에도 하늘을 보며 묻습니다.

"내일 하늘은 어떨까? 나를 사랑해줄 남자는 저 별에 있을까?"

그렇게 12년 동안 하늘을 보면서 지내고 있습니다. 그리고 가장 빛나는 별에 있던 사람을 만났습니다. 그렇게 저는 사랑 때문에 행복합니다.

지나왔던 수많은 시간들 중에서도 행복하고 소중했던 순간에는 언제나 사랑이 있었습니다. '아름답다'는 말보다 더 아름다운 말 '사랑'. 새로운 사랑에 설레고, 영원할 줄 알았던 사랑에 상처받고 좌절하고, 또다시 사랑이 찾아오고, 다시 또 헤어지고…. 누구나 혼자가 됩니다. 그렇더라도 사랑을, 사랑하는 순간을 포기하지 않았으면 해요. 가끔 사랑은 혼자인 나를 위해 따뜻하고 행복한 순간을 가져다주니까요.

우리가 한번쯤은 경험해봤을 사랑. 그 순간들이 있기에 우리는 혼자여도 견딜 수 있습니다. 미우와 함께 여러분을 응원합니다.

"혼자여도 괜찮다옹! 좋아질 거라옹! 사랑하는 마음만 가지고 있다면 행복하다옹."

2015년 겨울,

최미애

#01

지금 설레고 싶은
나를 위한 말들

사랑에 빠졌나봐요...

자꾸 웃어요.

보고 싶어요, 사랑의 느낌

세상엔 좋은 게 참 많아요.
하지만 힘들고 우울한 날이 반복되다 보니
요즘은 좋은 것이 잘 보이지 않아요.

그 어느 때보다 좋은 것, 예쁜 것을 보고 싶어요.
그 어느 때보다 사랑을 느끼고 싶어요.

짝사랑이든, 외사랑이든, 함께하는 사랑이든
사랑의 느낌은 참 좋은 것.

오늘은, 이 '사랑의 느낌'을 보고 싶어요.

짝사랑이든

외사랑이든

함께하는 사랑이든

사랑을 시작하게 되면 세상이
온통 분홍빛으로 물이 듭니다.

몸이 공중에 붕 떠 있는 것 같고, 알 수 없는 이끌림에
나의 의지와는 상관없이 몸과 마음이 반응하지요.
내게 없는, 그 사람만이 갖고 있는 좋은 점에
매료되어 정신을 차릴 수가 없습니다.
그 사람과 있으면 모든 것이 황홀해집니다.
행복이 계속될 것 같고, 사랑이 영원할 것 같아요.

사람들은 말합니다.
"네 눈에 뭐가 씌었으니 그 사람밖에 안 보이지."

네, 맞아요.

그 사람밖에 없어요.

네, 맞아요.

내 눈에 단단한 콩깍지가 씌었습니다.

Allo?

Allo?

Allo?

들리나요?

듣고 싶어요!

바람이 속삭였어요

갑자기 듣고 싶은 노래가 생각이 나서,
휴대폰으로 음악을 틀었어요.

노래가 귓속에서 울리며 내 마음을 알아줄 때,
바람도 나에게 속삭였어요.

"오늘은 좋은 일이 있을 거야."

오늘은 왠지,
설레는 하루가 될 것 같아요.

노래가 귓속에서 울릴 때
바람이 내 마음을 알아줄 때
"오늘은 좋을 일이 있을 거야."

사랑이 오고 있어요

들리나요, 사랑이 오는 소리.
보이나요, 사랑이 손 흔드는 모습.

지금, 오고 있어요.

울고 있는 풀벌레 옆에서 웃고 있을지 몰라요.
수많은 별들 속에서
더욱 반짝 빛을 내고 있을지도 몰라요.

조용히, 아무도 모르게,
그렇게 오고 있어요.

하지만 당신은 알 수 있어요.
풀벌레 소리에서, 반짝이는 별들의 모습에서.

지금, 오고 있어요.
누구도 아닌, 바로 당신에게로.

지금, 오고 있어요.

누구로 아닌, 바로 당신에게로.

고마워요,
그곳에 있어줘서

처음 본 그 순간,
그대에게 반해버렸지요.
그래서 그대가 있는
그곳으로 날아갔어요.

나를 보고서 씩 웃는 모습은,
긴장된 내 마음을 부드럽게 해주었어요.

그대, 그곳에 있어줘서 고마워요.

지금, 날아가고 있어요.

당신에게로···

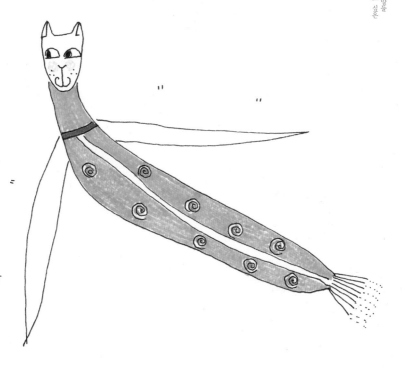

오늘도
기다려봅니다...

바보면 어때요

오늘도 기다려봅니다.

조급한 마음은 버리고

여유롭게 그대를 만나려고.

그래서 오늘도 기다립니다.

언제가 될지 모르겠지만.

바보, 같다고요?

그래요,

난 바보예요.

사랑에 바보면 어때서요.

오늘 하루, 바보가 되는 게 뭐 어떻다고요.

사랑에는 누구나 바보

할 말 있어요

잠시 귀 좀 빌려주세요.

나 할 말이 있어요.

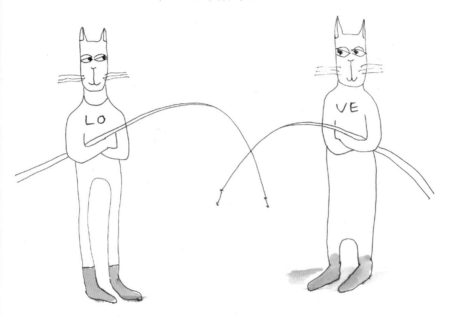

" 사랑합니다,
아주 많이요 "

사랑할 준비, 됐나요?

사랑은, 어느 날 갑자기 와요.

거리에 바람이 불 때, 하늘이 파랗게 높을 때
달밤에 만발한 목련을 봤을 때
따뜻한 라떼 한 잔을 맞이했을 때
시원한 라임 주스를 한 모금 들이킬 때
배가 고플 때, 졸려서 하품이 나올 때
약속 장소에서 누군가를 기다리고 있을 때
누군가와 인사하고 돌아섰을 때….

그리고 곧 깨닫게 될 거예요.
"아, 사랑에 빠졌구나!"

사랑은 순간 풍덩~ 빠지는 것.

그 사랑에 빠질 준비,
되어 있나요?

그 사랑에 빠질 준비,

당신은 되어 있나요?

사랑이 가장 아름다울 때.
상대를 배려하고 존중하며, 상대를 믿고 신뢰하고,
상대의 단점을 파헤치려 하지 않고
조용히 그리고 끝까지 모른 척해줄 때.

우리 삶에 사랑이 없다면 몸과 마음은
차가운 벽처럼 그저 단단하겠지만,
사랑이 있다면 사랑이 씌어준 콩깍지로 인해
우리 인생은 얼마나 아름다운가.

사랑 앞에서는 계산도 없다.
계산을 한다면 그건 사랑이 아니라,
자신의 모자란 부분을 채우려고 하는
이기적인 이유 때문은 아닐는지.
그러한 사랑은 오래가지 않는다.

인생이란 사랑을 하는 것.
비록 짝사랑을 하는 인생일지라도 괜찮다.
그것만으로도 인생은 아름다울 수 있으니까.

아프더라도, 사랑하지 않고 사느니 사랑하며 살고 싶다.
그래야 내가 숨을 쉴 수 있으니까.

그러면서 기대해본다.
아픈 사랑은 안녕.

우리 사이엔
오직 바람의 간격뿐
서로를 위한 가장 좋은 배려는
사랑으로 마주보기

사랑을 얻고 싶다면

사랑은 자신을 아무에게나 허락하지 않아요.

사랑엔 도전이 필요합니다.

용기도 필요하지요.

사랑하고 싶으면,

힘껏 앞으로 나아가 보아요.

망설이지 말아요

"어떡하지?"

지금, 그 사람을 보면서

안절부절못하고 있나요?

그렇다면 가서 화해를 청하세요.

망설이지 말아요.

화해는 용기 있는 사랑.

그 사람을 위해서가 아니라

나를 위해 손을 내밀어보세요.

지금 그 사람도 기다리고 있어요.

이번 크리스마스에는

첫눈이 와요.

당신이 생각나요.

작년의 당신이 아닌,

올해의 당신만 생각하고 있어요.

이번 크리스마스에는

당신과 함께, 메리 크리스마스!

메리 크리스마스~!

추억이 반짝

별을 느껴보세요.

밤하늘의 별을 바라보고 있으면
사랑하는 사람과의 추억이 여기저기서 반짝거려요.

다행이에요.
별, 달이 있어서.

내 사랑에 큰 위로가 되어주어서.

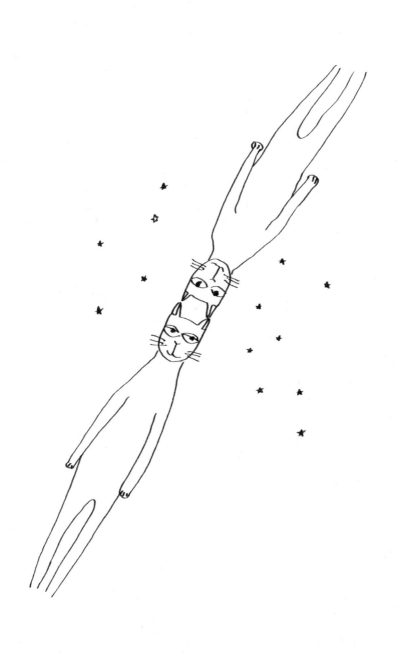

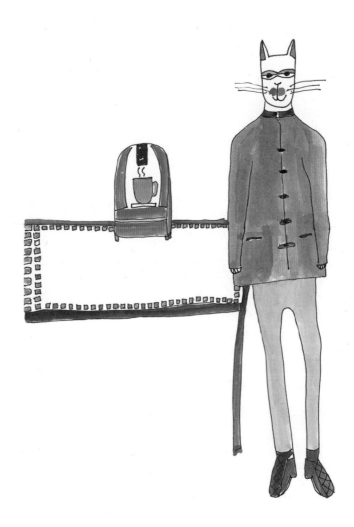

서두르지 말아요

누군가와 사랑에 빠지고 싶다면
서두르지 마세요.

스텝 바이 스텝.
천천히, 한 걸음씩.

잘 알지도 못한 채,
상대의 마음을 지레 짐작하지 말아요.
잠깐의 만남으로 마음을 다 알 수 없어요.
짐작과 생각으로는 마음을 얻을 수 없어요.

순수하고 솔직한 마음은
상대의 마음을 의식하지 않아요.

슬퍼하지 말아요,
그대

실망하지 말아요.
슬퍼하지도 말아요.

누군가가 훌쩍 떠났음에도,
여전히 당신 옆에는
사람들이 있잖아요.

당신을 향한 여러 사람의 사랑이
당신의 아픔을 감싸 안아줄 거예요.
그렇게 당신은 아픔을 이길 수 있어요.

처음부터, 사랑

"너를 사랑해."

사랑한다고 말하고 또 말했지만
난 너의 무엇을 사랑한 걸까?

외모,
배경,
학교,
직업,
아파트 평수…?

이제야 조금 알게 되었어.
너의 무엇을 사랑했는지를.

처음부터
너의 마음을 사랑하고 있었어.

할 말,
하지 않을 말

사랑은 오래 참는 것이라고 하는데
언제나 그런 건 아니라는 생각이 들 때가 있어요.

"난 너를 사랑해."
이 말은 오래 참지 않아도 돼요.

"넌 나를 사랑해?"
이 말은 오래 참아야 해요.

우리,
지금 사랑에 부족함을 느껴도,
배려하며 잘 가꿔보도록 해요.

처음으로 다시 돌아와 생각해봅니다.

생각해보면 그 사람과 나는 완전히 달랐어요.

하지만 나를 바꾸면서까지

그 사람을 만나고 싶지 않았어요.

그게 내 모습이니까요.

그 사람도 자신을 바꾸면서까지

나를 만나고 싶지 않았을 거예요.

그게 그 사람이니까요.

왜 지금 알았을까요.

서로 다름을 인정해줬다면,

내가 원하는 대로 바꾸려 애쓰지 않았을 텐데.

참 바보 같고 어리석은 사랑을 했어요.

더 어리석은 건, 사랑을 할 때마다

같은 실수를 반복하네요.

이제부터는 새롭게 시작하는 사랑에게

제 눈의 콩깍지가 사라지지 않도록 해야겠어요.

존중해주고, 다름을 인정해주고,

용기를 주고, 희망도 주고,

헐뜯지 말고, 끝까지 믿어주고,

바꾸려하지 말고, 약점은 덮어주려고 해요.

오랫동안 아니 영원히

약점은 모르는 척해주려고요.

혼자서도 잘 견디고 싶은
나를 위한 말들

고맙고 또 고마웠는데

왜 자꾸 눈물이 날까

고마운데 눈물이 나

음악을 들으며 생각해.

너와 함께 했던 시간들

너와 함께 마셨던 커피

너와 함께 갔던 맛집

너와 함께 떠났던 여행

너와 나란히 앉았던 소파

너와 함께 책을 고르던 서점

너와 함께 본 영화

너와 함께 걸었던 거리

너와 함께 만났던 사람들….

그땐 참 고맙고 또 고마웠는데

지금은 왜 자꾸 눈물이 날까.

나답지 않아

하루에도 열두 번
문자를 보낼까,
전화를 할까.

문자를 보고 답하지 않을까,
전화를 주지 않을까.

헤어짐, 이별….
참 나답지 않게 만들고 마는 것.

남겨질 것을
먼저 생각해봐요

이별의 아픔은 쉽게 없어지지 않나 봐요.

어떤 형태로든 남아 있네요.

커피 한 잔을 마셔도 그 사람이 떠오르는 걸 보면….

그 사람도 나만큼 아프겠지요.

이별은 모두를 오래도록 아프게 하네요.

상처가 두려워 이별을 먼저 말하려 한다면,

남겨질 아픔을 먼저 생각해봐요.

우리는 사랑하지도 않으면서

사랑이라 착각하며 만나기도 하고,

그저 외롭기 때문에 아무나 만나고,

그 사람이 진정 내 인연이 아님을 잘 알면서도

습관인 양 만난다.

어쩌면 우리는 처음 만났을 때부터

이기적이고 계산적인 마음으로

이미 이별을 준비했던 것은 아닐까.

we are different

오늘에서야

우리가 다르다는 것을 알았어요.

참 별로예요

울컥

눈가에 눈물이 가득 고여서

어떻게 해야 할지 몰라서 그냥 눈을 감았어요.

금세 얼굴이 온통 눈물로 뒤덮였어요.

그리고 또 울컥.

이별… 참 오래도 가네요….

이별… 참 별로예요….

후회해도 늦었어요

그때 했던 말을 떠올리면 지금도 후회돼요.
사랑하지 않아서
마음에도 없는 말을 했던 건 아니에요.

나처럼 한번 아파보라고 일부러 그래본 건데
하지도 말고 듣지도 말아야 했어요.

후회해요,
왜 그런 말을 했는지….

사랑하면 모든 게
잘될 줄 알았어요.

그 사람이 나를 더 사랑해주길 바랐어요.
더 예뻐해주고, 칭찬해주고, 좋아해주고,
바라봐주길 원했어요.

너무 이기적이었을까요?
사랑하면 모든 게 잘될 줄 알았어요.

그런데 이게 뭔가요.
이제 그 사람이 낯설게 느껴져요.

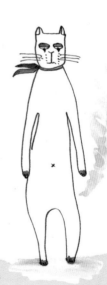

예전엔 몰랐던 것들.

"변할 수 있는 내 마음"

"변할 수 있는 네 마음"

잘 견뎌요, 이별

헤어진 다음 날,
그저 멍해져요.

그러면서 중얼거려요.

나는 혼자야, 나는 외로워,
내게 무슨 일이 일어난 거야…?

마음은 무너지고, 벼락이 치고, 비가 내렸는데도
여전히 멍한 채로 아무것도 할 수 없습니다.

그러면서 또 중얼거려요.

그래, 이제 나는 혼자야….

이별,
모두 잘 견디기 바라요.

내게 무슨 일이

일어난 거지···

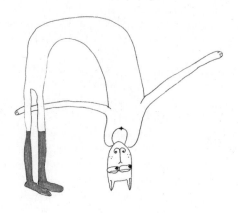

" i am fine "

이별, 괜찮아졌어요

꽃이 피니까 제 마음도 좋아졌어요.
시간은 참 좋은 친구예요.

전에는 자다가도 그 사람이 갑자기 생각나
벌떡 일어나 밤을 설쳤는데,
이제는 다시 곧 잠들 만큼 괜찮아졌어요.

바람이 몇 번 세차게 불고 나니까,
계절이 몇 번 바뀌니까,
이제는 나도 모르게
내 곁에 있는 사람들을 안아줄 수 있게 되었어요.

누군가를 안고 있을 때는
사랑이 나를 안고 있는 거예요.
이제 이별에 괜찮아진 거예요.

상처가
좋은 친구가
되기도 해요

그 사람과 쌓아온 수많은 추억과 시간들을
지우고 싶은가요?

마음의 상처는
두더지 게임처럼 불쑥불쑥 튀어나와요.
시간이 지나도 희미해지기만 할 뿐
없어지지 않아요.

그러니 애써 상처를 지우려 하지 말아요.
마음이 좋아지면 상처는 좋은 친구가 되어줍니다.

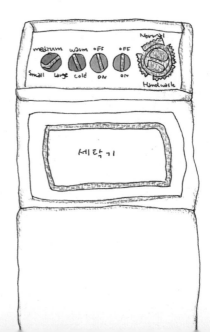

상처 세탁 중

...

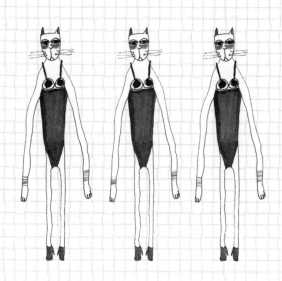

이제 새로운 옷을 입어보려고요.

혹시나
했는데 역시나

가끔 바보 같다는 생각을 해요.
떠나간 사람을 무작정 기다려요.

'혹시나' 해서 마음을 달래보지만
'역시나'더라고요.

이제 새로운 옷을 입어보려고요.
어떤 옷이 어울릴지,
어울리기나 할지 아직은 두렵지만
더 늦기 전에 한번 시도해보려고요.

내가 본 그 사람이 맞나요?
처음 봤을 때의 그 사람은 어디론가 가버리고
다른 사람이 와 있는 것같이 느껴져요.
같은 사람 맞아요? 진짜 그래요?

치약을 중간부터 눌러 짜고,
쓰고 난 칫솔을 아무데나 놔두고,
길거리에서 침을 뱉고.
왜 그 사람은 내가 싫어하는 짓만
골라 하는지 모르겠어요.

아니면 내 눈에서 콩깍지가 조금
씩 벗겨지고 있는 건가…?

불안해졌어요.
이 사람은 나를 행복하게 해줄 것 같지 않아요.
하지만 보고 싶다는 그 한마디에 또
그 사람을 만나러 가고 있어요.

정말 미운데도
여전히 그 사람을, 나는 사랑하나 봐요.

따뜻한 커피로 가을을 준비해야겠어요.

추워지면 유독 그리움이 많아질 테니까 ….

바람 부는
날에는
그리움 담아

바람 부는 날이면 당신이 그리워집니다.

세월이 지나도 그리워할 수 있는

당신이 있어서 다행입니다.

따뜻한 박하차를 이젠 함께 마실 수 없지만,

혼자서라도 그리움을 한가득 담아 마셔보려고 합니다.

거리 재기가 필요해요

가까이 가면 가시에 찔린답니다.
적당히 간격을 두세요.

너무 가까이 있는 탓에
위험하다는 것을 알지 못했어요.
때론 너무 가까운 것도 위험할 수 있다는 걸
잊고 있었어요.

사랑한다는 이유로
우리는 쉴 틈 없이 가까이 다가가기만 하고,
그로 인해 상처 주고 상처 받는 것을
너무 당연하게 여기는 것은 아닐까요?

사랑은 나와 너의 '교집합'이지
나와 너의 '일치'가 아닌 것을요.

그러니 사랑에도 적당한 간격은 필요해요.

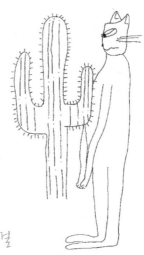

때로는

너무 가까운 것도

위험할 수 있다는 걸

이별의 순간,
그리고 착각

이별을 앞둔 순간,

가장 큰 착각을 하게 됩니다.

"아직도 저 사람이 날 좋아할 거야…"

그런데요, 그렇지 않아요.

그 사람의 마음은 이미 떠났나 봐요.

사랑은,
그렇게,
떠나갔어요

한때는 당신에게 잘 보이고 싶어 애를 썼어요.
그런데 어느 순간 그러지 않아도 되겠구나 싶었어요.

우리의 이별은 그때 시작되었나 봐요,
아마도.

첫눈에 반한 그 사랑은 어디로 갔을까요.
당신을 볼 때마다 황홀했던 몸과 마음이
이제는 아무런 느낌이 없어요.
소리 쳐보고 붙잡아보기도 했는데
내 말에는 이제 관심이 없나 봐요.

그게 더 무서웠어요.
당신의 무관심이.

그렇게 우리는 헤어졌어요.

사랑은 그렇게 우리 곁을 떠나갔어요.

괜찮다고 말하지만,
괜찮지 않았을…

길을 걸을 때 손을 잡아주기를
영화를 볼 때 잠들지 않기를
헤어질 때 가끔은 바래다주기를
기분이 나쁠 땐 마음에 없는 말은 하지 않기를.

그때는 잘 보이지 않았나 봐요.
나를 향한 당신의 이런 바람들이.

괜찮다고 말하지만 하나도 괜찮지 않았을
나를 향한 당신의 마음이.

그렇게 곁에 있어주기를

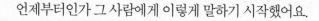

언제부터인가 그 사람에게 이렇게 말하기 시작했어요.

"그거 왜 그렇게 했어?"
"내 생각은 해보고 그런 거야?"
"자꾸 왜 그래?"
"이제 날 사랑하지 않는 거야?"
"왜 전화 안 했어?"
"어디 갔었어?"

전에는 이렇게 말했어요.

"그거 왜 그렇게 했어 :)"

"내 생각은 해보고 그런 거야 :)"

"자꾸 왜 그래 :)"

"이제 날 사랑하지 않는 거야 :)"

"왜 전화 안 했어 :)"

"어디 갔었어 :)"

제가 변한 건가요?

그 사람이 변한 건가요?

그땐 미처 알지 못했지

화가 났을 때 넌 말했지.
"너는 나를 사랑하지 않아."

아니야, 난 너를 사랑했어.
아주 많이.

사랑한다고 말하는 게 쑥스러웠어.
그래서 말 못했어.

왜 그때는 몰랐을까.
너는 옆에 있어도
사랑한다고 해줘야 하는 사람이었음을.

나는 말하지 않아도

옆에 있어주는 게 사랑이라고 생각했어.

말하지 않으면 몰라.

혼자 영화를 보다가

늦은 밤,
내가 너무 피곤해하던 그 시간에
너는 영화 보는 것을 좋아했지.

영화가 시작되면 5분 후에 나는 잠이 들었고,
끝나기 5분 전에 깨서는
"어떻게 됐어?"
묻곤 했지.

grand blue

왜 그때는 그렇게 잠이 많았을까.
함께 본 영화는 많았는데 생각이 나질 않아.
너와 함께 본 영화를 다시 하나씩 보곤 하지.

그런데 혼자 영화를 보다가
그저, 뚝.뚝.뚝.

오래 간다,
내 안의 너

너를 다시 만나고 보니
그래도 마음이 쿵쾅대더라.

네 입에서 다른 사람 이름이 나올까 봐
두려운 마음도 쿵쾅대더라.

서로 말하다가 또 서로 말없던 1분의 침묵 속에서
마음이 '쿵' 하고 무너지더라.

아무렇지도 않은 듯
나의 안부를 묻고 걱정하는 네 모습에
마음이 깨진 듯 '쾅' 하더라.

참 오래간다,
내 안의 너.

사랑을 하면서도
이 관계가 얼마나 갈까 걱정됐어요.

그 사람에게 나를 향한 사랑이
얼마나 있었는지 묻기 전에
내게 그 사람을 향한 사랑이
얼마나 있었는지 묻고 싶어요.

가슴에 손을 얹고 생각해봅니다.
그 사람을 얼마나 사랑했는지.

생각해보면 언제나 헤어진 아픔 때문에
새로운 사랑을 만나도 불안했어요.
다시 헤어질까 봐,
다시 그만큼 아플까 봐,
다시 또 헤어지게 될까 봐.

왜 그랬을까요?
아마도 그건 내가 버리지 못했던
이별 트라우마인가봐요.

말해볼 걸...

때론 하고 싶었던 말을

군이 하지 말아야 한다는 생각에

하늘을 바라보며 멍하니 있어보기도 해요.

그래도 말을 해볼 걸 그랬나….

어떻게

시작해야 할까?

어디까지

써야 할까?

못 다한 고백

펜을 꺼내 손에 쥐었어요.

종이도 꺼냈어요.

당신에게 못 다한 말들이 너무 많아서.

그런데 막상 쓰려고 보니 막막해져요.

어떻게 시작해야 할까요?

어디까지 써야 할까요?

용기가 나지 않아 펜의 뚜껑을 열어보지도 못하고

다시금 필통 안에 넣어두었어요.

언제쯤 마음을 열고 쓰게 될까요.

이제 괜찮아졌나 봐요

오랫동안 불을 끄고 지냈어요.

그냥 어두움에 익숙해졌어요.

밝은 곳에서 내 모습을 보는 것은 참기 어려웠어요.

그의 곁에서 밝게 웃었던 모습은 이제 찾아볼 수 없네요.

실수로 불을 켜게 되었어요.

놀라서 씩 웃는 내 자신을 보았어요.

그래서 다시 불을 껐는데

이상하게 다시 불을 켜고 싶어졌어요.

어둡게만 살았더니

계절이 벌써 여러 번 바뀐 것도 느끼지 못했는데.

이제 괜찮아졌나 봐요.

이제 어두운 것이 싫어졌어요.

고민 날려 보내기

한동안 고민만 했어.
한동안 생각만 했어.

고민하고 또 생각하니까
불안하고 부정적인 마음만 밀려왔어.

혼자만의 시간이 필요했어.
익숙한 공간을 떠나 나만의 공간을 찾고 싶었어.

바다에 갔는데,
밀려오는 파도는 내 고민 같고,
불어오는 모래바람은 내 생각 같네.

고민, 생각, 불안.
너를 향한 이 모두가
지금 이 파도에 함께 실려 가기를.

하늘을 봐요

어둠 속에 있다 보면 밝음이 싫어져요
밝은 곳으로 나와도 어둠 속에 있는 것처럼 느껴져요.

어둠 속에 있다 보면 부정적인 생각만 늘어날 뿐
삶의 의미를 느낄 수 없어요.

바람이 불어요.
하늘이 맑은 얼굴을 드러냈네요.
지금부터는 저 하늘을 바라보며 살기로 해요.
때로는 저 높고 파란 하늘이 질문에 대한 답을
찾아주기도 하니까요.

이별 후에 알게 된 것

커피 안에 넣은 과자는 어떻게 될까.
흐물흐물해진 과자는 커피 속에서 걸쭉해지겠지.

이런 맛, 나는 싫지만
누군가는 좋아할 수도 있겠지.

헤어진 뒤에 알게 된 것 하나,
내 생각처럼 모두가 똑같은 생각을 하지 않는다는 사실.

이별에게 바랍니다

때로는 예고편처럼

때로는 일방적으로 다가오지만

조심스럽게 잘 지나가주었으면 좋겠어요.

새로운 만남을 다시 잘 준비할 수 있도록.

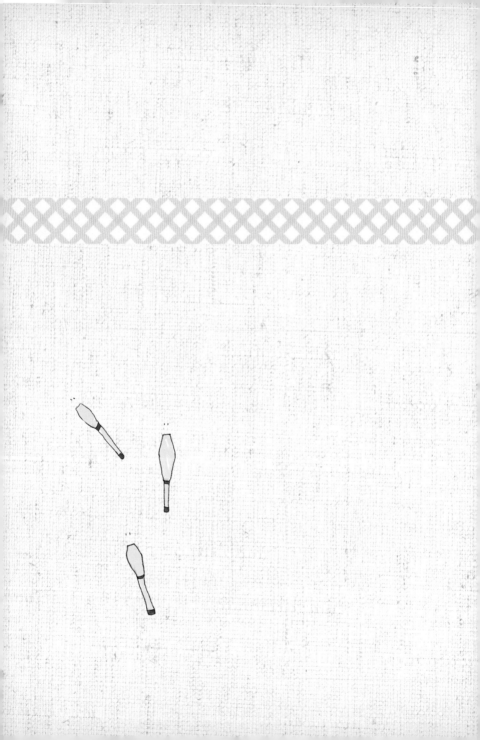

오늘 내 마음에
들려주고 싶은 말들

오늘 하루는 나무늘보처럼 있고 싶다.

듣고 싶어요,
내게 힘을 주는 말

"왜?"

"하지 마!"

"안 돼!"

시작도 하기 전에 기운 빠지게 만드는 말들.

이젠 듣고 싶지 않아요.

"좋은데!"

"한번 해봐."

"잘될 거야."

나를 믿어주는 이런 한마디

오늘은 듣고 싶어요.

124
___
125

#03
들려주고 싶은 말
오늘 내 마음에

커피 맛이 쓸 때

진한 커피는 좋아하지 않아.

인생의 쓰라림으로 충분하니까.

내 마음을 읽어봐

Q: 당신이 그렇게 똑똑하고 잘났다면,

지금 내 생각을 맞춰보시오.

아마, 모를 걸??

A: 가끔은 당신이 밉고, 그립고.

오늘도 열두 번은 같은 생각.

불가능은 없어요

사람이 하는 일에는 불가능이란 없습니다.

다만 실수가 있을 뿐이에요.

실패가 찾아와 좌절하고 삶이 두려워져도 괜찮다는 것.

한 번 실패하면 두 번 도전하면 되고
두 번 실패하면 세 번 도전하면 되고
힘들어 넘어지면 잠시 쉬면 되고
여러 번 넘어져도 괜찮다는 것.

이별이 찾아와 아파서 죽을 것 같아도
그 아픔 때문에 한 번쯤 쓰러져도 괜찮다는 것.

옆을 보면 아직 좋은 사람들이 많고,
앞에 놓인 새로운 길이 있으니

좋은 것도 나쁜 것도 전부 추억으로 남겨놓으면
시간이 지났을 때는 좋은 추억이 더 생각난다는 것.

떠난 사람을 잘 보내는 것도
지나고 나면 괜찮아질 수 있기에
인생은 생각보다 훨씬 멋지다는 것.

인생이란
내게, 그리고 타인에게 이렇게 말하는 것.

실패해도 괜찮아.
정말 괜찮아.

오늘 하루 힘들었어요.

커피도 너무 썼어요.

내일은 오늘 같지 않기를.

벌써 밤이 왔어요

해야 할 일이 아직 남았는데
벌써 밤이 왔어요.

가방 챙기기
빨래하기
청소하기
목욕하기….

눈은 뜨고 있지만,
졸고 있는 밤.

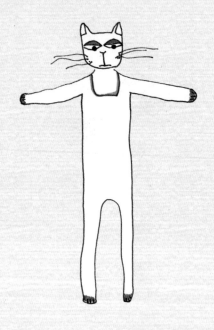

아무것도 안하고 싶다...

오늘은 그런 날

때론 아무것도 하고 싶지 않은 날이 있어요.

오늘이 바로 그래요.

때론 내일이 더디 왔으면 할 때도 있어요.

지금이 바로 그런 순간이에요.

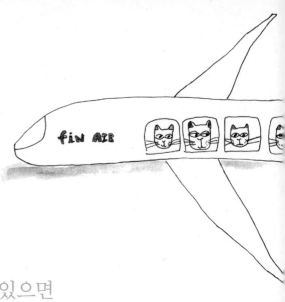

비행기 안에 있으면

비행기 안에 있으면 마음을 비우게 됩니다.

사람이 하늘에 있어봤자 비행기 안입니다.

하늘 위에선 성공, 돈, 사람이 한꺼번에

날아갈 수도 있어요.

하늘 위에선 내가 할 수 있는 일이란 없는 것 같아요.

목적지에 무사히 도착하는 것만

바랄 뿐이에요.

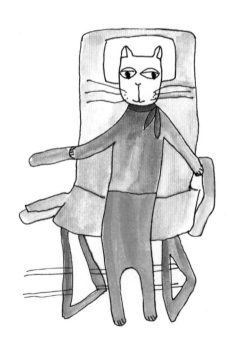

늦었지만, 지금이라도

어느 날은 눈앞의 꽃이 너무 미웠어요.
예쁘게 있는 모습이 싫어서
꽃잎을 하나씩 둘씩 떼어버렸어요.

어느 날은 심술이 나서 나머지 꽃도 꺾었어요.
꺾인 꽃을 보고 있으니 꼭 마음이 꺾인 내 모습 같네요.

꽃이 얼마나 놀랐을까요.
꽃이 얼마나 아팠을까요.
꽃의 아픔을 통해서 나의 마음을 바라봅니다.

늦었지만, 지금이라도.

늦었지만,

지금이라도···

혼자인 나를 사랑하지 못했던 때가 있다.

그래서 사람이 많은 곳에 나를 내맡겼다.

맛있는 음식을 먹고

예쁜 옷을 사 입고

분위기 좋은 카페에서 커피도 마시고

재미있는 영화도 보고

친구를 만나 즐거운 시간도 보내고.

그런데 이상하지, 집에만 돌아오면 마음은 더 텅 비고

허무한 마음은 채워지지 않았다.

사람들 속에 있다 보면 저절로 행복해지는 줄 알았다.

하지만 아무리 사람 속에 있어도

내가 행복해지지 않으면 아무런 의미가 없었다.

나는 누군가로 인해 빛나는 존재가 아니다.
나 스스로도 충분히 당당하고 빛나는 존재다.
그걸 깨닫는 순간 더 이상 혼자인 내가 싫지 않았다.
누군가와 같이 있어 행복한 것이 아니라,
내가 행복해서 같이 행복한 것이었다.

오늘도 나는 혼자 있는
나의 시간을 즐기며,
나를 더 사랑한다.
이 세상에 가장 내 편은 다름 아닌 나니까.

생각이 복잡해지는 날,

삶과 죽음을 생각해보지만,

결론은 늘 그래요.

하루를 잘 살자.

묵묵히 기다려주세요

내 눈에 보이는 것만이 그 사람의 전부가 아닙니다.

내가 보이는 대로만 그 사람을 판단하는 건,
편견으로 그 사람을 부담스럽게 할 수 있어요.

어떤 사람은 상대를 함부로 대하지만,
어떤 사람은 상대를 조용하게 마음으로 대하기도 합니다.

상대의 많은 것을 알게 되기까지
묵묵히 기다려주는 것.
그 사람을 위한 가장 좋은 배려입니다.

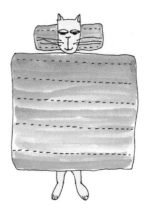

조용하게 마음으로

오늘로

갈팡질팡,

변하는 내 마음

갈팡질팡, 마음이 변해요

오늘도 갈팡질팡,

1분 뒤에도 어떻게 변할지 알 수 없는 내 마음.

우리는 자주 마음이 변하는 게 문제인가 봐요.

내가 할 수 있는 만큼만

우리는 모두 자기중심적인 사람입니다.

우리는 그저
우리가 볼 수 있는 것만 보고
보고 싶은 것만 보며
볼 수 없는 것은 볼 수 없습니다.

우리는 그저
우리가 들을 수 있는 것만 듣고
듣고 싶은 것만 들으며
들을 수 없는 것은 들을 수 없습니다.

지금 이대로도 괜찮다면,
나는 그저 내가 할 수 있는 지금만큼만 살고 싶어요.

지금 이대로도 괜찮다면...

내 갈 길을 갈 거니까…

나는 달라

아무도 모르게 내 뒤통수를 친 당신.

나는 당신과 달라요.

당신이 나한테 이렇게 했으니
나도 당신에게 똑같이 복수할 것이라고 생각 말아요.
나는 당신보다 더 나은 사람이니까.

오히려 더 자연스럽게 내 갈 길을 갈 거니까요.

시간이 지나면 추억은,

예전엔 지나간 추억을 다 쓸어서 버리고 싶었는데
요즘은 지나간 추억을 하나씩 둘씩 모으고 싶어요.

시간이 지나면 추억은,
봄에 싹이 날 때
여름에 바다가 넓을 때
가을에 낙엽이 질 때
겨울에 눈이 올 때
좋은 친구처럼 느껴집니다.

이것이 시간의 힘.

지나간 추억을

다 쓸어서

버리고 싶었는데

인생이란 나를 알아가는 것.

하지만 나를 알아가는 일은 얼마나 어려운지.
나의 나쁜 점을 인정하고 싶지 않기에.

내게 가장 관대한 사람은 누구도 아닌 나 자신이고
내게 가장 냉정한 사람도 다름 아닌 나 자신이기에
나의 또 다른 모습을 알아가며 받아들이고,
나의 내면을 아름답게 다듬기 위해 항상 노력해야 한다.

그렇기에 때로는
오롯이 나와 마주할 수 있는
혼자만의 시간이 필요하다.

인생이란 매일매일 나를 알아가는 것.
인생이란 그런 나를 매일매일 사랑해주는 것.

우리네 생각이 얽히면 풀면 되고,

풀다 풀다 매듭이 생기면,

가위로 잘라내면 그만.

It's simple!

문을 열고
용기를 내세요.

두려워 말고, 문을 여세요

문제를 해결하기 위해서는
문을 열고 나오는 용기가 필요합니다.

안에만 있으면 어떤 문제가 있는지,
누가 나를 도와줄 수 있는지
나조차도 알 수 없거든요.

문제를 바로 볼 사람도,
도움을 청해야 할 사람도 결국은 나예요.

내가 용기를 내야만 해결할 수 있습니다.

그러니 두려워 말고, 문을 열고 밖으로 나오세요.
더 넓은 바깥세상에서
나의 문제는 작아지고 해결할 방법도 보인답니다.

용기는 나의 것.
문을 여는 순간, 달라진 나를 만나게 될 거예요.

가끔은
수위조절도 필요해요

주위를 둘러보면 착하지만 눈치 없는 사람,
재밌지만 분위기 파악 못하는 사람이 간혹 있어요.

조금만 상대의 마음을 신경 써주면 좋을 텐데,
조금만 상대의 마음에 공감해주면 좋을 텐데,
아무 생각 없이 경계선을 넘어
'한 방에 후욱~' 가곤 해요.

가끔은 수위조절도 필요해요.

괜찮아요, 되돌아와도

모르는 길을 걷다 보면,
이 길이 맞는 건지 불안해져요.

"계속 앞으로 가보면 알게 될 거야."

사람들은 이렇게 말하지만,
내심 잘못된 길을 가고 있는 것은 아닌지
불안해요.

그런데 뭐 어때요?
가다가 아닌 길이면 되돌아와도 되잖아요.

사람들 눈치 볼 필요 없어요.
다시 시작하는 건 나쁜 게 아니니까요.

어차피 인생은 예측불허.
가기도 하고 오기도 하는 거지요.

그러니 괜찮아요,
다시 되돌아와도.

행복 총량 불변의 법칙

오랜만에 좋은 일이 있어 행복했는데
뜻밖의 소식을 접하고 난 뒤
하루 종일 기분이 좋지 않았어요.

요즘 행복하다고 생각했는데
왜 이런 일이 생기는 걸까요?

혼자만 행복하면 바람이 불지 않을 거예요.
다른 사람이 행복하지 않다면
시원한 바람이 불지 않을 거예요.

그런 생각이 들어요.

이 세상의 행복의 양은 정해져 있는 것이 아닐까?

그래서 좋은 소식과 나쁜 소식은

함께 오는 게 아닐까, 하고요.

주위를 둘러보세요

"나만큼 힘든 사람이 세상에 또 있을까?"

나만 힘들고 나만 어렵다고 생각하면
주변의 더 힘들고 어려운 사람들이
잘 보이지 않을 때가 있어요.

누군가에게 위로를 받고 싶은 오늘,
누군가도 내 위로가 필요할 거예요.

주위를 둘러보세요.
그리고 내 위로가 필요한 사람이 있다면,
마음으로 깊게 안아주세요.

혼자여도 웃고 싶은
나를 위한 말들

혼자만의 낭만

아침의 기분 좋은 샤워는

하루를 잘 지낼 수 있는 여유를 선물하는,

혼자만의 낭만.

오늘 아침도

혼자만의 낭만으로 시작해봅니다.

언제나,
누구와도 좋은

coffee
아침의 상쾌함,
혼자여도 좋고!

orange tea
하늘이 잔뜩 흐린 날,
그대와 함께라면 더 좋고!

Coffee   Orange tea

가끔 흔들리는 건

괜찮아요.

흔들려도 괜찮아요

비가 오고, 바람이 불면
나도 모르게 마음이 흔들려요.
길가의 나무도 어여쁜 꽃들도 흔들리지요.

괜찮아요.
가끔 흔들리는 건 괜찮아요.

비가 그치고 바람이 멈추면
다시 평온이 찾아올 테니까요.
물기를 머금은 꽃처럼 내 마음도
반짝 영롱해질 테니까요.

가끔은,
흔들려도 괜찮아요.

잠깐, 쉼

인스타그램, 페이스북, 카톡, 트위터….

아침에 일어나면
내 휴대폰에는 놀라운 소식이 올라와 있고,
밤이 되면 또 다른 놀라운 소식이 쉴 새 없이 올라와요.

내 삶에 차고 넘치게 쏟아지는 소식들.
다 듣지 않아도 돼요.
다 보지 않아도 돼요.

잠깐이라도 들리는 것으로부터의
'쉼'이 있어야 하고,
잠깐이라도 보이는 것으로부터의
'쉼'도 있어야 합니다.

'쉼'이 있어야 합니다.

이제부터라도, 이제는

얼마나 오랜 시간을 그래왔는지 모르겠어요.

주변 사람들의 말,

시선에 신경 쓰며 눈치 보며 살기를.

이제부터라도 작지만 큰 용기를 내어봅니다.

이제는 마음 가는 대로 살아가려 해요.

마음 가는 대로 살아갈래.

저마다 다 다르듯이...

마음을 따라가요

나와 다른 모두를 이해할 필요는 없어요.

그래 봤자 내 머리만 복잡해져요.

모두에게 좋은 사람일 필요는 없어요.

그래 봤자 나만 힘들어져요.

같이 사는 가족일지라도,

마음이 맞는 친구일지라도

때론 투닥거리며 부딪히잖아요.

그런데 다른 사람들은,

그 모두에게는 얼마나 힘이 들겠어요.

우리는 저마다 달라요.

음악도 장르가 다 다르듯이요.

그러니 마음이 가는 대로 해요.

사랑도 있고

이별도 있고

아픔도 있고

기쁨도 있고

행복도 있고

웃음도 있고

성공도 있고

좌절도 있고

포기도 있고

실패도 있고

도전도 있고

용기도 있고

두려움도 있고

좌절도 있고

눈물도 있고

다시 만남도 있고

영원한 이별도 있고.

인생 뭐 있어?

그냥 뭐든지 다 해보는 거야

인생이 다 그렇지 뭐.

철이 들까요?

철들어 볼까요?

그냥 철 안 들고,

생각을 잘하며 살래요.

앞서 가지 말아요

우리는 살면서

수십 번의 봄을, 여름을, 가을을, 겨울을 만납니다.

그 수십 번의 만남 덕에

작은 것에 감사하고, 만족하는 삶을 배우고,

나를 알아가며 자유롭게 살아갈 수 있습니다.

우리, 애써 계절보다 앞서 가지 말아요.

"나는 잘될 거야!!"

"나는 잘될 거야!!"

"나는 잘될 거야!!"

나를 축복해주세요

아무리 화가 나더라도
스스로를 야단치지 마세요.
속으로라도 저주하지 마세요.

"살다 보면 그럴 수도 있지. 다음엔 더 잘될 거야."

나를 응원해주세요.
축복해주세요.

"나는 잘될 거야!"
자주 말해보세요.
그러면 분명
좋은 일이 있을 거예요.

이 세상에서 가장 내 편은 바로
'나 자신'이니까요.

그려봐요, 내일의 나

저마다 외모가 다르고, 하는 일도 다르고,
성격도 다르지만,
우리는 모두 똑같이 축복으로 태어났어요.

누구든 한 번 태어나고, 한 번 죽음을 맞이하지요.
당신과 나, 우리 모두는 이 진리 앞에서 공평합니다.

하지만 삶의 길은 저마다 달라요.
각자의 삶에서 어떤 선택을 내릴 것인지는
스스로 결정해야 합니다.

거울을 보세요.

거울에 비친 나의 얼굴은

지금까지 내가 살아온 인생입니다.

그 거울 속에 내일의 나는 어떤 표정을 짓고 있을까요?

다가올 때 두려워하지 말고,

떠나갈 때 두려워하지 말아요.

두려워하지 말아요

우리네 인생은
오기도 하고, 가기도 합니다.

다가올 때 두려워하지 말고,
떠나갈 때 두려워하지 말아요.

용기 있는 삶

오르막길이 있으면 내리막길이 있어요.

오르막길에 다다르고 가쁜 숨을 고르면
내리막길을 내려가게 되지요.

모든 사람에게는 최고의 순간이 찾아와요.
그 순간 주저함 없이 잘 내려가는 삶이
용기 있는 삶이라는 것을 알게 되었어요.

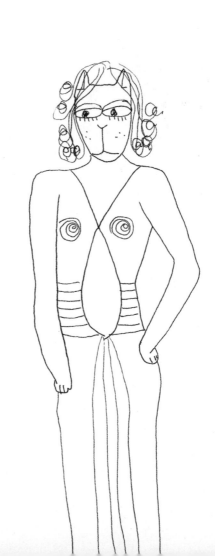

〉〉

마음 가는 대로,

하고 싶은 대로.

이제야 알게 된 것

이제야 알게 되었어요.
불평과 불만으로만 가득했던 내 삶이
참 바보스러웠다는 것을.

이제야 알게 되었어요.
마음 가는 대로, 하고 싶은 대로
도전하면서 용기 있게 살아도 된다는 것을.

마음을 믿어요

어떤 일을 새로 시작할 때,
가끔 주춤거리며 스스로에게 이런 질문을 던지곤 합니다.

"과연 내가 할 수 있을까?"
"이게 정말 될까?"

그때마다
마음은 "할 수 있다"고 말하고,
생각은 "될 수 없다"고 말합니다.

전 언제나 마음을 믿어요.

"과연 내가 할 수 있을까?"

"이게 정말 될까?"

내가 제일 축하하고 싶은 하루,

내가 제일 행복해지고 싶은 하루.

오늘은 내 생일.

생일 축하해.

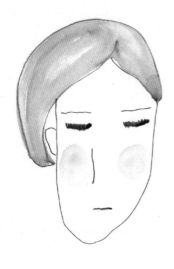

다름을 인정해요

큰소리로 자신의 생각만을 우기는
사람들에게 한마디.

저마다의 생각이 다 다르기에
자신의 기준에만 맞춰주기를 강요할 수 없어요.

우리는 하나가 아니에요.

생각의 차이, 취향의 차이는 얼마든지 있을 수 있어요.

그리고 타인의 다름을 인정할 때

나의 다름도 인정받을 수 있어요.

마음을 줄 수 있는 곳으로 떠나요

오늘도 여행을 떠나기 위해
가방을 챙겼습니다.

여행이 가까운 친구처럼 다가올 때
행복합니다.

여행은 나의 모난 생각을 둥글게 만들어주고,
나의 좁은 시야를 넓혀줍니다.

때론 버스로
때론 기차로
때론 비행기를 타고 먼 곳으로.

마음을 줄 수 있는 곳이라면
어디든 떠나보세요.

때론 버스로

때론 기차로

때론 비행기를 타고 먼 곳으로

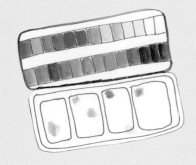

오늘

당신의 마음은

어떤 색인가요?

행복을 그려볼까요?

레드, 옐로우, 블루, 핑크, 그레이….

오늘 당신의 마음은
어떤 색으로 물들었나요?

우리에게 주어진 세상의 모든 컬러,
우리 모두 아름답게 써봐요!

내일은 어떤 색으로
행복을 마음속에 그려볼까요?

작은 행복을 느껴요

길을 걷다가 만난 들꽃 한 송이에서,
맑은 날 하늘의 한 점 구름에서,
비가 그치고 난 후 나뭇잎에 맺힌 물방울에서
많은 것을 배워요.

문득 생각났어요.
그저 지나치는 것들에 대해서.

주변을 둘러보지 않았다면 그저 잊고 살았을
작은 것들에 대한 소중함을.

대단하진 않지만, 일상의 그 작은 것들을 통해서
우리는 또 한 번 살아갈 용기와 희망을 얻습니다.

지금 주변을 둘러보고 관심을 가져보아요.
세상엔 삶의 의미를 부여할 수 있는 게
참 많아요.

그리고 느끼게 될 거예요.
한순간의 기분 좋음을,
잠깐이지만 충분한 행복을.

바람이 불 땐 바람에 맡겨요

바람이 몹시 부는 날에는
주변의 물건들을 정리하지 않으면
엉망진창이 되어버리거나
멀리 날아가버리지요.

내 마음에도 바람이 몹시 붑니다.
이럴 때는 어떻게 해야 할까요?

그냥 주변의 신경 쓰이는 것들에 대해
잠시 관심을 끊어요.

바람도 아랑곳하지 않고 불잖아요.
정리는 바람의 몫이 아닌 것을요.
그저 지나가기만 하면 돼요.

마음에 바람이 불 땐
그냥 바람에 내맡기세요.

그 바람이 필요 없는 것은 날려버리고
필요한 마음만 남겨둘 테니까요.

느긋하고
자연스러운
기다림

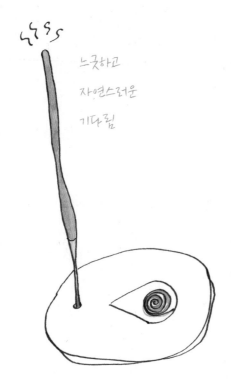

알고 싶어요

마음이 급했나 봐요.

뭔가를 빨리 이루고 싶은 마음에
큰 실수를 저질렀네요.

시간이 지나면 자연스럽게 다 탔을 텐데,
막상 타버리는 것이 두려웠어요.

가장 정직하고 가장 자연스러운 게 시간이지만,
때론 가장 느긋한 것도 시간이지요.

이제 나도 시간처럼
느긋하고 자연스러운 기다림을 알고 싶어요.

마음속 무게 버리기

나이와 몸무게만 늘어가는 줄 알았는데,
스트레스도 날로 늘어가고 있어요.

불안하고 초조하고,
걱정되고 우울하고.

지금보다 조금만 더 많이 벌고 싶은데
지금보다 조금만 더 잘하고 싶은데
지금보다 조금만 더 잘 지내고 싶은데

나의 스트레스는
욕심에서 나오나 봐요.
자꾸 불안감만 더 생기는 걸 보면.

그런데 오히려 다행이에요.
아무리 계획을 세워도 다 이루어질 수 없다는 사실이.
그렇게 마음속 욕심을 하나둘 버릴 수 있으니까요.

하나 둘 하나 둘 욕심 버리기

내
자
신
을 위
해 …

버려요, 갖지 말아야 할 마음은

"싫어졌어. 이제 그만 만나."

내 마음을 무너지게 하는 그 사람의 말 한마디.
처음엔 너무 놀라서 죽고 싶은 마음도 들었어요.

스멀스멀 분노가 생기기 시작했고
차츰차츰 미움이 쌓이기 시작했어요.
그런데 어느새 분노와 미움이
내 마음도 갉아먹고 있네요.

쉽진 않지만 내 자신을 위해
그 사람을 미워하는 마음을 버려볼까 해요.

누군가를 미워한다는 것.
사랑했던 사람을 미워하는 마음은
사람이 갖지 말아야 할 마음인 것 같아요.

갖고 싶은 것이 너무 많고
버리고 싶은 것도 너무 많고
나눠주려고 하면 왠지 아깝고
받고 싶은 것은 당연하다고 생각하고.

인생이란 그런 이기적인 생각을 버리는 것.

하고 싶은 것도 너무 많고
하기 싫은 것도 너무 많고
남의 결점은 쉽게 뱉으면서
나의 단점은 결코 인정하지 않으려고 하고.

인생이란 나의 이기적인 면을 버리는 것.

여행을 떠날 때 짐이 많으면
그 짐들은 여행 내내 짐짝이 되어버리고
생각을 둔하게 만들어 방향감각을 잃게 만든다.

다섯 개에서 하나를 버리는 일은 쉽지만,
다섯 개에서 다섯 개를 모두 버리는 일은 어렵다.

인생이란 나의 욕심을 하나씩 둘씩 줄여가는 것.

마음이야 다 필요할 것 같겠지만,
또 마음 같지는 않다는 것.

가진 게 없어도

난 행복합니다.

부족한 게 많아도

난 괜찮습니다.

왜냐면 나에겐

'내'가 있으니까요!

잘 자요

오늘 하루 어땠는지 잘 모르지만,
모두들 제가 응원합니다.

너무 속상해하지도 말고
너무 아파하지도 말고
너무 외로워하지도 말고

행복하게 잘 자요.

굿 나잇.

행복하냐옹

초판 1쇄 발행 2015년 12월 24일

지은이   최미애

펴낸이   문태진
본부장   김보경
편집총괄 김혜연
책임편집 이희산 **기획편집팀** 임지선 윤성훈
디자인   윤지예

마케팅   한정덕 윤현성 장철용 김재선 이지복
경영지원 김정희
강연팀   장진항 조은빛 강유정

펴낸곳   (주)인플루엔셜
출판등록 2012년 5월 18일 제300-2012-1043호
주소   (04511) 서울특별시 중구 통일로2길 16, AIA타워 8층
전화   02) 720-1034(기획편집) 02) 720-1024(마케팅) 02) 720-1042(강연섭외)
팩스   02) 720-1043   **전자우편** books@influential.co.kr

ISBN 979-11-86560-07-5 03810

인플루엔셜은 세상에 영향력 있는 지혜를 전달하고자 합니다.
이에 동참을 원하는 독자 여러분의 참신한 아이디어와 원고를 기다리고 있습니다.
한 권의 책으로 완성될 수 있는 기획과 원고가 있으신 분들은 연락처와 함께
books@influential.co.kr로 보내주세요. 지혜를 더하는 일에 함께하겠습니다.